家居细节解读1128例

吊顶、楼梯

⊙本书编委会／编著

中国轻工业出版社

图书在版编目（CIP）数据

家居细节解读1128例：吊顶、楼梯/本书编委会编著.-北京：中国轻工业
出版社，2008.7

ISBN 978-7-5019-6435-2

Ⅰ.家… Ⅱ.本… Ⅲ.①顶棚-室内装修-建筑设计②住宅-楼梯-室内装
修-建筑设计 Ⅳ.TU767

中国版本图书馆CIP数据核字（2008）第064573号

责任编辑：安雅宁　　　责任终审：张乃柬　　　封面设计：杨　琳
策划编辑：安雅宁　　　责任校对：李　靖　　　责任监印：胡　兵　张　可

出版发行：　中国轻工业出版社（北京东长安街6号，邮编：100740）
印　　刷：　北京国彩印刷有限公司
经　　销：　各地新华书店
版　　次：　2008年7月第1版第1次印刷
开　　本：　787×1092　1/16　印张：5
字　　数：　120千字
书　　号：　ISBN 978-7-5019-6435-2/TU·067　　　定价：19.80元
读者服务部邮购热线电话：010-65241695　85111729　传真：85111730
发行电话：010-85119845　65128898　传真：85113293
网　　址：http://www.chlip.com.cn
Email:club@chlip.com.cn
如发现图书残缺请直接与我社读者服务部联系调换
70930S4X101ZBW

前　言

在新一轮的家居装修潮流中，细节设计已经成为引领风尚的主力军。

如果将整个居室的室内设计比喻成一部耐人寻味的电影，那么家居的细节设计就是这部电影中关键时刻的配乐，或者说插曲。家居中的细节设计与装饰一样可以点染居室的风格，烘托居室的格调，平衡居室内色彩、图案、明暗、大小等多方关系，是室内设计中不可或缺的重要组成部分。

《家居细节解读1128例》共分5册，集合了空间细节的一千多例，分别从玄关、客厅、卧室、餐厅、吊顶、楼梯等多个空间和角度详细阐述了装修中的注意事项和原则。

《家居细节解读1128例》把家居装修中的细节划分为设计细节、施工细节、验收细节、装饰细节、保养细节、旺家宜忌六个部分。

《家居细节解读1128例》精选了一批优秀的装修案例。这些装修案例准确地把握了当今家装流行趋势的脉搏，突破了陈旧的设计理念，将具有个性与时尚风格的线条、色彩、造型等装饰元素，创新性地融入到了现代的家居设计中，使其更符合现代人的生活要求与审美情趣。

《家居细节解读1128例》除了提供千余张精美图片外，还介绍了有关装修宜忌、设计指导、材料选购、配饰窍门等读者普遍关注的家装知识，以便广大读者在选择适合自己的家装方案的同时，能进一步提高自身的鉴赏水平，进而参与设计出称心的、有个性的家居。

家居生活的舒适度最终取决于装修时是否考虑了各种细节，因为整体的装修设计应该是考虑比较充分，可以借鉴的东西也很多。在此，搜集容易忽略的细节，希望这套书能使您装修时尽量少留下一点遗憾，在生活中可以感觉处处顺手，安逸舒适。

目 录/吊顶

CONTENTS

目 录／楼梯

CONTENTS

一 吊顶风格

1.中式风格

中式风格吊顶多以木条平行或相交成方格形的设计为主，将古典语言以现代手法加以诠释，注入中式的风雅意境，使空间散发着悠远的文人气韵，突出中式特有的古朴意境。吊顶装修也可以简化，如可

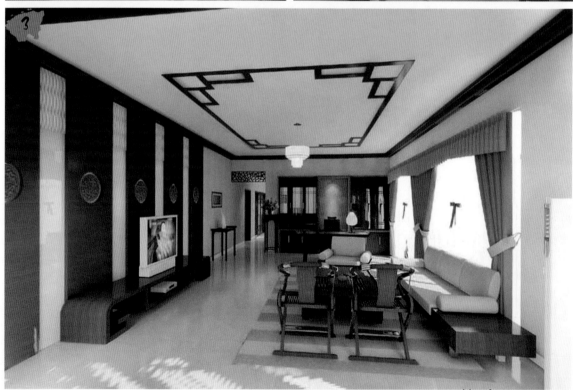

以做一个简单的环形灯池吊顶，用木板包边，漆成花梨木色，或不做吊顶，只用雕花木线在屋顶上做出一个长方形的传统造型。

2.欧式风格

欧式吊顶通常设计为叠级吊顶，豪华大气的灯池是欧式吊顶的主要标志。欧式吊顶线条清晰明朗，色泽艳丽，灯池设计精美，整体感觉奢华典雅、色彩鲜明、立体感强。

12

13

14

15

3. 田园风格

　　田园风格本身就是给人以返璞归真的感觉，让人回归自然的舒适与自由。在吊顶的装饰上，用实木搭建或拼贴成不同造型，都能很好地传达出浓浓的田园风情，打造出一派田园浪漫情景。

4.现代风格

    造型简洁、层次少、注意细部的尺寸，是现代风格吊顶设计的要旨，在简洁风格中不适合使用复杂线条以及大面积的顶部造型。

二 空间划分

1.客厅吊顶

客厅吊顶选择四法：

（1）在客厅的四周做吊顶，中间不做吊顶。这种吊顶可用木材夹板设计成各种形状，再配以射灯或筒灯，在不吊顶的中间部分配上新颖的吸顶灯。这样会在视觉上增加空间的层高，较适合于大空间的客厅。

（2）将客厅四周的吊顶做厚，而中间部分做薄，从而形成两个明显的层次。这种做法要特别注重四周吊顶的造型设计，在设计过程中还可以加入主人自己的想法和喜好，从而设计成具有现代气息或传统气息的不同风格。

29

（3）在天花板四周用石膏板做造型。石膏板可做成各种各样的几何图案，它具有价格便宜、施工简单等特点，因此这类吊顶运用于客厅也不失为一个好的方法。

（4）若是客厅的空间高度充裕，在选择吊顶时，就有了很大的余地。可以选择如玻璃纤维板吊顶、夹板造型吊顶、石膏板吸音吊顶等多种形式，这些吊顶既在造型上相当美观，同时又有减少噪音的功能，是理想的选择。

2.卧室吊顶

卧室在居室中是私密性最强的空间，是一个与外界暂时分开的世界，具有相当程度的隐秘性。卧室中吊顶是一个设计重点，可以选择实木的吊顶配以实木家具遥相呼应,温馨自然的配色使卧室传达出一种有生气、宁静的氛围。

3.儿童房吊顶

　　儿童房是孩子的卧室、起居室和游戏空间，应增添有利于孩子观察、思考、游戏的成分。在吊顶设计上可以设计一些富有想像力的造型，有利于开发儿童的智力。最好以明亮、轻松、愉悦为选择方向，色泽上不妨多点对比色。在设计吊顶时还要注意适合且充足的照明，能让房间温暖、有安全感，有助于消除孩童独处时的恐惧感。

4.餐厅吊顶

餐厅的吊顶主要突出的是天花板的造型要别致，餐厅灯具的选择要恰当，这样不但可以更好地装饰整个餐厅空间，还可以营造出更加温馨和谐的就餐氛围。

5.走廊吊顶

　　走廊吊顶或简或繁，简单得可能只有一排牛眼筒灯，繁杂得也可以做出几个相同的叠级造型。但是不论繁简，走廊吊顶的设计是为了可以更好地把空间区分开。大多数走廊吊顶都与地面装饰或者家具的色彩格调相呼应。

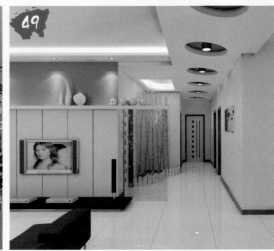

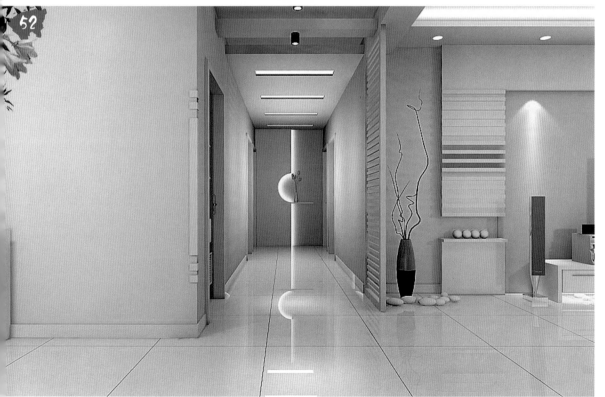

6.阳台吊顶

　　一般阳台的空间比较小，如果安装了过厚的吊顶，就会给人造成一种压抑感。但如果设计得当，阳台的吊顶不但不压抑，还能给阳台增色不少。

三 吊顶材质

1.龙骨

　　吊顶的龙骨材料主要有木龙骨、铝合金龙骨、轻钢龙骨等几种。传统的吊顶龙骨为木制材料，其面板部分多采用人造板。轻钢龙骨为新型材料，它是以镀锌钢板、经冷弯或冲压而成的顶棚和骨架支撑材料，具有重量轻、刚度大、防火与抗震性能好、加工和安装方便等特点。

2.木制吊顶

　　木材是吊顶中最常用的材料，具有隔音、保温的优点。木吊顶的安装和拆卸都较困难，对住房面积要求比较大，倘若安装在面积较小的卧室内，给人一种压抑感。所以，木吊顶更适合乡村田园风格的居室以及大户型使用。

3.石膏板吊顶

石膏板是以石膏为主要材料，加入纤维、黏接剂、改性剂，经混炼压制、干燥而成。具有防火、隔音、隔热、轻质、高强、收缩率小等特点，且稳定性好、不老化、防虫蛀，可用钉、锯、刨、粘等方法施工，广泛用于吊顶、隔墙、内墙、贴面板。纸面石膏板在家居装饰中常用作吊顶材料。

4.玻璃吊顶

玻璃吊顶已经不仅局限在了阳光房，时下也被挪进了室内。玻璃吊顶是结合照明灯具共同组合的吊顶形式，其中用彩绘玻璃更能增添艺术效果。不过，在施工过程中要注意牢固性以及安全性。

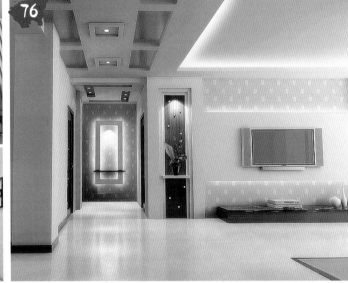

四 吊顶造型

1.直线吊顶

　　直线造型吊顶时尚、简约，适合现代风格的居室装修。大部分直线造型吊顶用于客厅电视墙顶部或者走廊天花板，还有一些直线造型吊顶用于遮蔽天花板上的管道。

2.弧线吊顶

　　一条简单的曲线在空中画出了美丽的弧形，顿时让原本生硬的天花板活泼了起来。这种弧线造型吊顶适合设计在客厅与餐厅之间，同时也适合于儿童房的天花板设计，给孩子增加更多的童趣和动感。

吊

顶

造

型

3.圆形吊顶

圆形吊顶首先给人一种天圆地方的自然美感，有一种聚集人气、团圆美满的心理暗示；其次，圆形吊顶华贵大气，更适合豪华型的别墅吊顶设计。

4.方形吊顶

方形吊顶也称回形吊顶，一般都采用木龙骨做骨架，用石膏板或木材做面板，涂料或壁纸做饰面。它能够克服房间低矮和顶部无变化的装修矛盾，还能够提高装修档次，给人一种庄重、典雅、大气的感觉。

5.格栅吊顶

格栅吊顶是家庭装修客厅、走廊、餐厅及较大顶梁等空间常用的方法。格栅吊顶既能美化顶部，又能调节照明，增加环境整体装饰效果。要求构造合理，设计大方，美观牢固，表面平整，颜色一致。灯光布置要合理，装饰漆膜光整，无污染，无划痕。

6.异形吊顶

这里所指的异形天花板结构本身不是平顶式的，一般在阁楼或者有穹顶的空间多见。由于天花板的结构存在特殊性，会为设计和施工人员带来很多困难，但正是由于它的不规律性，也能让优秀的设计人员创造出非常新颖独特的作品。可以说，异形吊顶的可塑性更强。

五施工验收

1.木龙骨施工验收

工艺流程：放线→木龙骨处理→拼装龙骨→安装吊点紧固件→固定沿墙龙骨→龙骨吊装→调平→覆罩面材料。

在放线时可用水柱法确定吊顶标高。在罩面板与木龙骨连接时，通常有钉接和黏结两种。钉接：用铁钉或螺钉将罩面板固定于木龙骨。适用于钉接的板材有石棉水泥板、钙塑板、胶合板、纤维板、铝合金板、木板、矿棉吸声板、石膏板等。黏结：使用各种胶黏剂。若采用黏钉结合的方式，则连接更为牢靠。

　　验收标准：木龙骨要结实，木龙骨的间距不能太大，以30厘米×30厘米的间距最适宜。每一米就要打上一个膨胀螺丝，以加强对木龙骨的固定。应该将木龙骨涂刷上两三遍防火漆、防腐剂或防白蚁剂后再使用。在安装灯具的地方加固吊顶时，筒灯、射灯等嵌入式灯具的灯孔大小要合适，并防止开孔时切断龙骨，影响牢固性。吊顶上安装灯具的地方，如有需要应加固木龙骨或大芯板，以防止吊顶变形，灯具脱落。

2.轻钢龙骨施工验收

工艺流程：弹线→固定吊杆→安装主龙骨→调平主龙骨→固定次龙骨→安装模撑龙骨→覆罩面板。

吊杆与结构的固定有三种形式：

（1）在板或梁上预留吊钩预埋件；用冲击钻打膨胀螺栓，然后将膨胀螺栓同吊杆焊接；用射钉枪固定射钉。

（2）吊杆与龙骨的连接：可以采用焊接，也有吊挂件。

（3）罩面钉装：轻钢龙骨一般均与纸面石膏板相配使用。纸面石膏板的长边应沿纵向次龙骨铺设。

验收标准：选用的轻钢龙骨应符合设计要求，保证质量；所有在吊顶内的零配件、龙骨应为镀锌件；龙骨、吊杆、连接件均应位置正确，材料平整、顺直，连接牢固，无松动；凡有悬挂的承重件必须增加横向的次龙骨；吊杆距主龙骨端部不得超过300毫米。

3.玻璃吊顶施工验收

工艺流程：弹线→划玻璃→固定安装。

固定安装：分为嵌压式固定、玻璃钉固定、黏结加玻璃钉固定三种。嵌压式安装常用的压条为木压条、铝合金压条、不锈钢压条；玻璃钉固定安装应将装饰玻璃镜逐块安装；黏结加玻璃钉为双重固定安装。

验收标准：玻璃色彩、花纹符合设计要求，镀膜面朝向正确。表面花纹整齐，图案排列有序，洁净。镀膜完整，无划伤，无污染。玻璃嵌缝缝隙均匀，填充密实。槽口的压条、垫层、嵌条与玻璃结合严密，宽窄均匀，裁口割向正确，边缘齐平。金属压条镀膜完整，木压条漆膜平滑洁净。

六 灯具

1.灯具分类

（1）固定式灯具是指不能很方便地从一处移到另一处的灯具，即这种灯具只能借助工具才能移动安装。常见的固定式灯具有吊灯、吸顶灯、壁灯等。常用于客厅、卧室。

（2）嵌入式灯具是指完全或部分嵌入安装表面的灯具，如：筒灯、格栅灯具等产品。常用于餐厅、过道走廊以及局部装饰吊顶上。

（3）可移式灯具是指在正常使用时，连接电源后能从一处移到另一处的灯具，它包括：台灯、落地灯等能够很方便地徒手从支承物上取下的灯具，常用于卧室或书房。

127

2.灯具安装

（1）安装前须检验灯具导线、紧固线、连接件并明确安装顺序。

（2）检验灯具有无暴露在外的导线或带电连接金属，各灯头相线是否进入中心端子，安装固定灯

128

具座的尼龙膨胀管有无质量问题，灯头的材质如何，灯具额定电压、电流、功率多少，灯头绝缘外壳有无破损。

（3）膨胀管直径与冲击钻必须匹配，严禁因孔过大而用木片等物衬垫。

（4）天棚若为预制件，打孔遇到预制件时，严禁用木棒，须配用吊件。

（5）若未设置预埋件，则不可安装重质灯具。

（6）若为吊灯，不论钢丝或铁链，均须具有足够的强度，且电源线不应拉紧。

验收灯具的安装质量时主要应注意以下几点：

（1）是否安全、可靠。可用手拉一拉，证实一下。

（2）灯具是否安装在中心或是否对称。

（3）灯具底盖是否紧贴顶棚，有无晃动。

（4）灯具安装后有没有清洁。

（5）灯具安装后有无损坏。

134

3.灯具选购

（1）灯具的造型应该与整个室内环境风格相协调。如室内按中国传统风格布置，灯具应选用中式吊灯、挂灯或灯笼；按现代风格布置，应选择新潮型、几何型、艺术型的灯具。

（2）灯具的型号规格、尺寸大小应与空间相匹配，不失空间尺度比例。例如在空间较大的起居室安装玻璃水晶吊灯，显得富丽堂皇，为起居室增加夺目的光彩。

（3）灯具的质地与整个房间装饰格调协调呼应，有助于增加环境艺术性与整体性。

135

136

137

↑ 单纯的卧室是作为人们睡眠休息的场所，应给人以安静、闲适的感觉，要避免耀眼的光线和眼花缭乱的灯具造型。可在房间适当的位置装一盏悬挂式主灯，在床头装一盏床头壁灯。灯的开关可分别控制，以满足不同的需要。

↑ 客厅灯具的配置应有利于创造稳重大方、温暖热烈的环境，使客人有宾至如归的亲切感。一般可在房间的中央装一盏单头或多头的吊灯作为主体灯。

↑ 书房是供家庭成员工作和学习的场所，要求照明度较高。一般工作和学习照明可采用局部照明的灯具，以功率较大的白炽灯为好。灯具的造型、格调不宜过于华丽，典雅隽秀为好，创造出一个供人们阅读时所需要的安静、宁谧的舒适环境。

↓ 厨房是用来烹调和洗涤餐具的地方，一般面积都较小，多数采用顶棚上的普通照明，容量在25～40瓦之间。现代的厨房在灶台上方都装有排油烟机，一般都带有25～40瓦的照明灯，使得灶台上方的照度得到了很大的提高。

↑ 餐厅是人们用餐的地方，餐桌要求水平照度，故宜选用强烈、向下直接照射的灯具或拉下式灯具，使其拉下高度在桌上方600～700毫米的高度。有时餐厅还兼具其他功用，因此需有多个插座，以作为台灯、落地灯的电源使用。

↓ 卫生间应采用明亮柔和的灯具，灯具应具有防潮和不易生锈的功能，光源应采用显色指数高的白炽灯。

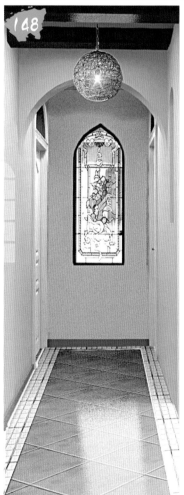

4.灯具保养

灯具保养应注意：

（1）必须在预定电压、频率下使用。

（2）凡接地的灯具须经常检查接地情况。

（3）不能将纸或布之类物品放置在灯具近处或盖住照明器。

（4）灯具金属部分不能随意用亮粉擦。

（5）灯具背后的灰尘用干布或掸子清扫。

七 旺家
宜忌

1.客厅天花板宜忌

客厅吊顶要设计恰当，否则便会显得相当压抑，让居住者有天塌下来的压迫感，从而造成很大的心理压力。天花板颜色宜轻不宜重，客厅的天花板象征着天空的颜色，当然是以浅色为主，例如浅蓝色，代表晴朗蓝天，而白色则象征白云悠悠。天花板的颜色宜浅，而地板的颜色则宜深，以符合天清地浊，上浅下深的规律。昏暗的客厅宜在天花板上藏日光灯。有些缺乏阳光照射的客厅，日夜皆暗不明，暮气沉沉，久处其中便容易情绪低落，最好在天花板的四边木槽中暗藏日光灯来加以弥补。光线从天花板折射出来，不刺眼，而日光灯所发出的光线最接近太阳光，对于缺乏自然光的客厅最为适宜。

2.卧室天花板宜忌

　　卧室的吊顶建议用色彩温和、对比较弱的颜色或者图案，有利于居住者放松心情，舒缓精神。天花板顶部是居住者每天睡前、醒来就必然看到的，所以建议卧室的吊顶不要过于繁琐复杂，否则长期下来会产生不适感，不利于休息与放松。再有，床头的正上方不要悬挂大型吊灯，现代心理学研究认为，床正上方装有吊灯，会给人以心理暗示，增加人的心理压力，影响内分泌，进而引起失眠、噩梦、呼吸系统疾病等一系列健康问题。尽量在床边使用光线柔和的台灯、壁灯或落地灯。

3.餐厅天花板宜忌

　　从风水角度来说，餐厅的格局要方正，所以吊顶布局也是以方正规矩的造型为佳。餐厅的吊顶如果有横梁，在设计中应该加以掩饰或者做出其他造型修饰以削弱横梁压顶的感觉。无论是一个人还是一家人围坐在餐桌前吃饭，当感觉有横梁等厚重物体压在头顶之上时，都会容易产生恐惧感，进而影响食欲。

4.走廊天花板宜忌

（1）走廊一般视为无关紧要的地方，但是在生活当中，走廊是一个使用非常频繁的活动空间，也是人们在室内行走必须经过的地方。所以，屋内走廊首先要光亮，不可太阴暗。

（2）走廊内如果出现横梁，便必须做假天花板来化解，否则有碍观瞻，也会使人心理有压迫感，家人工作必然出现阻力。

（3）通常，空间有限的家庭喜欢在走廊上方做吊柜，但要注意在储物柜内可以摆放一般物件，如衣服等，不宜摆放利器，以免出现不必要的伤害。

（4）有的家庭在走廊上方装饰一些五彩缤纷的日光灯管，然后在灯管下又安装了一块透明玻璃，当人站在走廊内向天花板望时，经常会有很眩晕的感觉，从而影响情绪与健康。所以，最好改用其他灯饰或只用一两只灯管，虽简单但却大方。

一 楼梯造型

1. 直 梯

　　这是在实际操作中最为常见的一种楼梯形式。直上直下的造型最为简单，颇有直上九天的径直感。直梯的简约几何线条给人以挺括和硬朗的感觉。

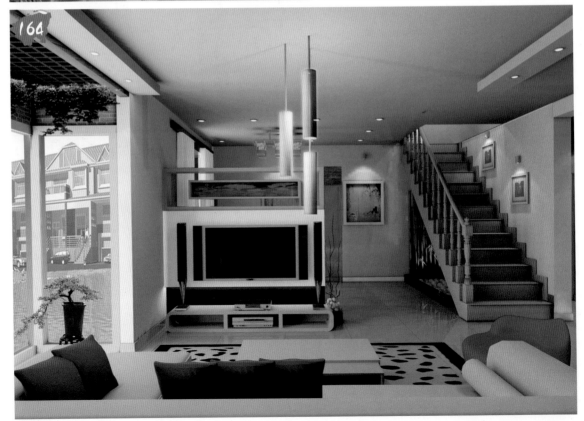

2. 弧梯

　　弧梯美观大方，行走舒适，没有折梯的生硬，也没有旋梯的不安全感，是最为理想的楼梯，但一定要有足够的空间，才能达到最好的效果，是大复式户型与独立别墅的首选。

楼

梯

造

型

166

167

3.折梯

这种楼梯目前在室内应用较多，其形式也较为多样，有90度折梯、360度的折梯，这种楼梯的优点在于简洁、易于造型。设计要合理，栏杆结构搭配要妥当。缺点是和弧形梯一样，需要占用较大的空间。

4.旋梯

　　此为折梯的变种。这种楼梯优点是比较节约空间，而且盘旋而上给人的感觉较好，有较强的艺术性。螺旋梯在室内应用中，以旋转270度为最好。旋转角度太小的话，则上楼梯不存在什么问题，而下楼梯给人的感觉太陡，走路不是太方便，家中有老人和小孩的话，走起来给人一种不太安全的感觉。这种楼梯多用于顶层阁楼小复式，大复式用得较少。

二 楼梯材质

1.木制楼梯

　　这是市场占有率最大的一种。消费者喜欢的主要原因是木材本身有温暖感，加之与地板材质和色彩容易搭配，施工相对也较方便。选择木制品做楼梯的消费者，要注意在选择地板时与楼梯地板尺寸的匹配。目前市场上地板的尺寸以90厘米长、10厘米宽为最多，但楼梯地板可以配120厘米长、15厘米宽的地板，这样一级台阶只要两块普通地板就够了，可少一道接缝，也容易施工和保养。对柱子和扶手的选择，应做到木材和款式尽量般配。

2.铁艺楼梯

这实际上是木制品和铁制品的复合楼梯。有的楼梯扶手和护栏是铁制品,而楼梯板仍为木制品;也有的是护栏为铁制品,扶手和楼梯板采用木制品。选择这种楼梯的客户也不少,比起纯木楼梯来,这种楼梯似乎多了一份活泼情趣。现在,楼梯护栏中锻造花纹选择余地较大,有柱式的,也有各类花纹组成的图案;色彩有仿古的,也有以铜和铁的本色出现的。

3.大理石楼梯

选择这种楼梯一般已在地面铺设大理石,为保持室内色彩和材料的统一性,用大理石继续铺设楼梯。但在扶手的选择上大多保留木制品,使冷冰冰的空间内,增加一点暖色材料。这类装饰的价格主要看大理石是否昂贵。

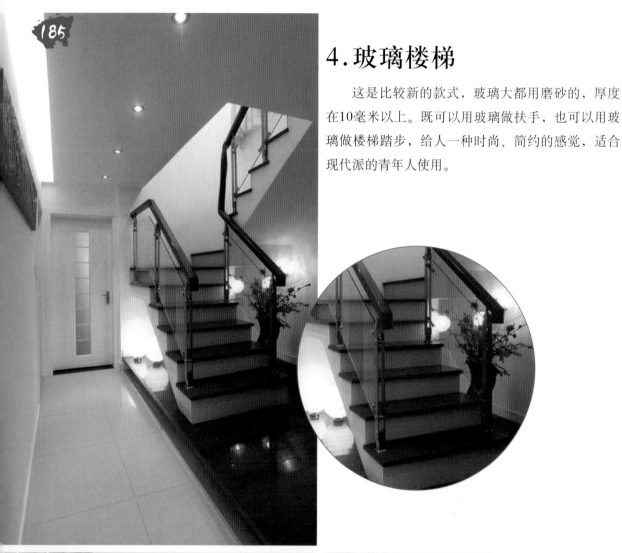

185

4.玻璃楼梯

这是比较新的款式，玻璃大都用磨砂的，厚度在10毫米以上。既可以用玻璃做扶手，也可以用玻璃做楼梯踏步，给人一种时尚、简约的感觉，适合现代派的青年人使用。

186

187

5.钢制楼梯

　　这是比较"另类"的选择，但目前已蔚然成风。一般在材料的表面喷涂亚光的颜料，没有闪闪发光的刺眼感觉，这类楼梯材料和加工费都较高。

三 楼梯风格

1.中式风格

中式楼梯设计在色彩和构件的装饰上采用了中式风格的标志性元素，黑胡桃颜色与周围米色、白色的环境形成柔和的对比，不突兀，不张扬。现代的施工工艺以及一些中式装饰物的细节搭配呈现出一种古朴典雅之美。

2.欧式风格

不论是质感温暖厚实的木制楼梯还是铁艺与大理石结合的弧形楼梯，都适用于奢华而高贵的欧式装修风格。通常欧式风格的楼梯做工精良，雕刻细腻，与室内的水晶灯以及欧式家具相搭配，更衬托出一种超凡脱俗的高雅气质。

194

195

3.田园风格

为了突出人与自然的融合，田园风格的楼梯多采用实木木板作为楼梯踏步。精致优雅的生活和对田园风格的热爱都能在通往上下空间的楼梯中体现，柔和的色彩使空间更加自然温馨。

4.现代风格

现代风格的楼梯造型简约干练，没有过多修饰。在材质上还采用了玻璃与不锈钢等新型材料的有机融合，打破了楼梯给人的沉闷与古板的感觉，使人备感空间的清澈、晶莹剔透。

5.后现代风格

    后现代风格的楼梯多见于LOFT户型结构，造型简洁、抽象，富有想像力。后现代主义带有一种创造性、主动性生活理念，普遍被现代年轻人，或者热爱生活的艺术工作者所推崇。

四 参数标准

1.楼梯坡度

　　楼梯坡度的确定，应考虑到行走舒适、攀登效率和空间状态因素。梯段各级踏步前缘各点的连线称为坡度线，坡度线与水平面的夹角即为楼梯的坡度（这一夹角的正切称为楼梯的梯度）。室内楼梯的坡度一般为20～45度为宜，最好的坡度为30度左右。特殊功能的楼梯要求的坡度各不相同。例如爬梯的坡度在60度以上，专用楼梯一般取45～60度，室内外台阶的坡度为14～27度，坡道的坡度通常在15度以下。

2.楼梯宽度

　　根据住宅规范的规定，当套内楼梯的一边临空时，其净宽不应小于0.75米；当两侧有墙时，净宽不应小于0.9米。这一规定就是搬运家具和日常物品上下楼梯的合理宽度。

3.楼梯踏步

　　实践证明，行走时感到舒适的踏步，一般都是高度较小而宽度较大的。因此在选择高宽比时，对同一坡度的两种尺寸以高度较小者为宜，因行走时较之高度和宽度都大的踏步要省力些。但要注意，宽度亦不能过小，以不小于240毫米为宜，这样可保证脚的着力点重心落在脚心附近，并使脚后跟着力点有90%在踏步上。就成人而言，楼梯踏步的最小宽度应为240毫米，舒适的宽度应为300毫米

左右。踏步的高度则不宜大于170毫米，较舒适的高度为150毫米左右。同一楼梯的各个梯段，其踏步的高度、宽度尺寸应该是相同的，尺寸不应有无规律的变化，以保证坡度与步幅关系恒定。

1. 空间设计

（1）楼梯风格，局部服从整体

　　遇有楼梯间时，首先要确定家装风格，楼梯风格应与整体的装饰风格相统一。对于欧式风格而言，楼梯宜选手工木雕做护栏立柱，踏板漆面光亮照人，并配有专用地毯；对于现代简约风格，楼梯宜选以钢材为主骨，简洁、通透，线条明朗，以玻璃、不锈钢为主材，踏板以集成材为基础，不宜变型，扶手可选木制、皮质、仿木制或金属；而中式风格的楼梯则以全包式为主，在侧立面配以中式木雕木艺，护栏也可采用中式窗棂做主体。

（2）空间设计要富有想像力

　　无论何种楼梯，都能实现上下衔接的功能,但生活中我们都有这样的经验,同样的楼层,直上直下的楼梯会让我们感觉很累,爬上去后会气喘吁吁;反之,蜿蜒而上的楼梯爬上去感觉似乎很轻快。人的心理往往就是这么微妙。家居中的楼梯也是这样,直上直下往往不会让我们产生什么感觉,但沿着一个扇形楼梯或者波浪纹楼梯拾阶而上,一种豪华尊贵的感觉就会悄然包裹我们。

（3）楼梯下方，空间合理运用

　　设计楼梯下部空间时，首先要考虑其功能性与装饰性相结合，最简单的设计就是做储物间，因为在楼梯升角的空间内，很难有效利用下部空间，从整体上更谈不上装饰性。因此，为使功能性与装饰性相结合，建议设置如钢琴、水族箱、绿色盆景（植物）等，这样既有功能性，又能体现装饰风格，活化视觉效果。

（4）楼梯灯光照明，主辅相得益彰

楼梯照明分为主光照明和辅光照明。主光照明主要设置在楼梯间、两侧墙体、顶部，起到照明作用，其特点是装饰性强，勾画出梯子的流线形态，形成导向光带。灯光宜亮不宜暗，明亮的楼梯既便于安全下楼，又可照出楼梯轮廓，下楼时使人感觉像从舞台飘然而下，温馨而高雅。

217

2.人性化设计

楼梯踏步是高磨损部位，应使用较为坚固的材料。

楼梯的坡度不宜太大。这不但考虑到老人和小孩，对于普通的成年人也是需要注意的事。

→ 有缝隙的楼梯踏级，要注意女士穿短裙子时的仪态问题，避免尴尬的情况出现。

→ 楼梯栏杆的宽度应考虑小孩夹头的可能性，要么是小孩头部进不去，要么是可以自由穿过。

↓ 避免碰头。很多楼梯外观摩登时尚，但由于楼层结构的限制，上楼梯总是要小心翼翼的。这对于复式房来说，就少了一份潇洒。

六 选购细节

1.安全性

　　楼梯在室内起到路径的功能，因此其安全性一定要作为头等大事考虑。楼梯的安全性体现在其承重能力上。在结构设计上，要考虑楼梯的力学结构是否合理，也就是说，楼梯各构件之间是否能互相拉伸，互为承重，单级楼梯踏板的承重力是否在200千克左右。在购买时，最好咨询清楚。如果家里的楼梯是玻璃踏板，则要保证玻璃是钢化的，或者是夹层的。

2.可拆卸性

　　传统楼梯大量采用重质材料，分段铸造，现场拼接，工艺多采用焊接、铆接，再次分散就等于破坏。目前流行的楼梯，要求其具有可拆卸性，多采用坚固的轻质材料，工艺采用模块拼接套接式，只需一套组合工具，自己就可以安装楼梯了。楼梯可拆卸性的出现，给楼梯带来的一大突破，就是楼梯变得更像家具了。由于可

拆卸，楼梯就具有了灵活的变化性，可以尝试在任何角度进入上层空间。

3.时尚性

　　楼梯一旦有了时尚的元素，就使空间更加艺术化。如今的时尚楼梯，造型上一改往日粗笨呆板的面目，越来越呈现出轻盈、通透的玲珑之风。目前的时尚就是人性回归，楼梯的时尚也不例外。在楼梯的设计中，它已经在尝试脱离设计大师和艺术家为其制定的经典标准，开始试图同主人自身的个性融合。独立的楼梯已朝着单纯而有逻辑的方向运动。

227

228

1. 木制楼梯

　　注意保持室内温度、湿度；定期为其表面进行打蜡处理；在清洁楼梯时，使用干燥或半干燥的柔软抹布；禁止阳光暴晒，以免影响木材含水率，导致木质收缩变形；楼梯也不能长期处于阴暗潮湿的环境中；上下楼时要穿着软底鞋；粗糙物体不能在上面摩擦，不要在上面做剧烈运动；楼梯安装完后应向厂家询问其承重量，避免在楼梯上通过超重的物体；木质表面应使用家具蜡打蜡，1小时后，待楼梯表面干燥后才能行走，但要小心滑倒。

231

2.铁艺楼梯

　　虽然铁艺制品非常坚硬，但在安装、使用过程中也应尽量避免磕碰。这是因为，如果破坏了表面的防锈漆，铁艺制品很容易生锈，所以在使用中发现漆皮脱落，要及时用特制的"修补漆"修补，以免生锈。铁艺制品属性为生铁锻造，因此尽可能不在潮湿的环境中使用，并注意防水防潮。如发现表面退色,出现斑点，应及时修补上漆，以免影响整体美观。

232

233

234

3.不锈钢楼梯

很多人认为不锈钢是永不生锈的，其实不锈钢耐腐蚀性好的原因是其表面形成了一层钝化膜，在自然界中它以更稳定的氧化物形态存在，也就是说，不锈钢虽然按使用条件不同，氧化程度不一样，但最终都会被氧化。故应定期用不锈钢保养液清洁其表面，注意不要发生表面划伤现象，避免使用含漂白成分和研磨剂的洗涤液、钢丝球、研磨工具等，洗涤结束后必须用洁净水清洗表面，然后擦干。

235

4. 玻璃楼梯

　　玻璃材质的楼梯表面不能有水渍、油污等，清洁时用半干湿布擦干即可。如果楼梯为玻璃踏步，则上下时应注意防滑。不要用硬物碰撞表面，以免引起损坏，造成对人的伤害。

1.楼梯位置宜忌

　　有人认为楼梯和房间不同，只是发挥通道的功能。其实，楼梯既是家中接气与送气的所在，也是很容易发生事故的地方，倘若弄错设置方位，就会给家中带来损害。

　　楼梯的理想位置是靠墙而立。当楼梯迎大门而立时，室内人气与财气在开门时会冲门而出，因此在设计楼梯位置时应尽量避免。设置楼梯时，要避免把楼梯设在房间的中心，在住宅的中央穿过的楼梯等于把家一分为二，不但有碍视线，也会在心理上有一种与家人分隔的感觉。

2.楼梯形状宜忌

　　楼梯是快速移气的管道，能让气自家里的一层往另一层移动，当人们在梯级上上下下时，便会搅动气能，促使其沿楼梯快速地移动。为了在家居中达到藏风聚气的目的，气流必须回旋而忌直冲，因此，楼梯的坡度越陡，负面效果越大，所以楼梯的坡度应以缓和为好。在形状上，以螺旋梯和半途有转弯平台的楼梯为首选。

3.楼梯材质宜忌

楼梯的材料最好是用接气与送气较缓的木制梯级为宜，少用石材与金属制成的梯级。木材是最自然的材质，而金属等材质虽然时尚新锐，但或多或少都会带来一些比较尖锐的气场，对健康不利。